La Bataille de Navarin

CHANT HÉROIQUE par M.***

Prix un Franc.

Colmar,

Chez P. Petit, Libraire.

1828.

De l'Imprimerie Decker. 1827.

La Bataille de Navarin.

Les débris indomptés des phalanges Hellènes,
Trop affaiblis pour vaincre Ibrahim dans les plaines,
S'enferment dans leurs murs ; ne pouvant se venger,
Le farouche Ibrahim partout fait égorger
Les prêtres, les enfans, les vierges et leurs mères,
Qui n'opposent au fer que de vaines prières.
Par sa haine proscrit, arraché de l'autel,
Le Pontife, invoquant l'appui de l'éternel,
Sous ses yeux, va cueillir la palme du martyre,
Et, comme l'Homme-Dieu, sur la croix il expire !....
Ton prophète imposteur veut-il donc tant de sang ?
Est-ce pour l'adorer que ta main le répand ? .....

Ah ! du Dieu des chrétiens quelle est la différence!
Ce Dieu de l'univers , Dieu d'amour, de clémence,
Au martyr expirant donne , malgré ses maux,
La force de prier encor pour ses bourreaux ! .....
Quelle leçon touchante offre son agonie ! .....
Mais le trépas du juste éclaire-t-il l'impie ? .....
Un soldat porte un cœur.... celui de l'Africain
Pour sa victime en pleurs n'a qu'un glaive inhumain!
L'implacable tyran de la Grèce asservie,
Dans les flancs d'une hyène a t-il puisé la vie!
Est-ce donc, ô grand Dieu, pour punir les humains
Que tu laisses ta foudre aux plus barbares mains ! .....

Mais , quels astres errants combattent les ténèbres,
Et font jaillir les feux de leurs lueurs funèbres
Sur l'abri protecteur de la plus sombre nuit ?
Des mères, des enfans, que l'Africain poursuit,
La nuit ne voile plus l'asile impénétrable ;
Le cimeterre brille, et l'acier redoutable
De la foudre en éclats imitant les éclairs,
Donne la mort, comme elle, en sillonnant les airs.
La mère, à son enfant tendrement enlacée,
Avec lui perd son sang, et, d'une main glacée,
Qui ne peut obéir à son dernier effort,
Cherche à le ranimer sur son sein déjà mort.

Les villes, les hameaux, livrés à l'incendie,
Sont les flambeaux des Turcs et guident leur furie;
De tant d'infortunés ils révèlent les pas ,
Et parmi les rochers éclairent leur trépas.
La race des héros, au sortir de l'enfance ,
De la patrie, hélas ! trop tardive espérance,
Comme la fleur périt.....; le soldat assassin,
De la vierge naissante a pu percer le sein,
Et malgré son effroi, sa prière et ses charmes,
Il a tranché sa vie au milieu de ses larmes.
Moins cruelle, la mort, de son bel incarnat
Quelques instants lui laisse encor le doux éclat.....

Elle va donc périr la terre des prodiges !
Et pour en effacer jusqu'aux derniers vestiges ,
Du barbare Ibrahim, la stupide fureur,
Frappe les végétaux d'un arrêt proscripteur.
Il livre à ses soldats l'olivier de Minerve,
Et cet arbre divin qu'un beau climat conserve,
Par de sanglantes mains partout est abattu.
Du féroce Islamisme, ô puissante vertu !
Qui prêche au vrai croyant la morale sublime
De régner par la mort, de vaincre par le crime,
De semer sur ses pas les déserts et l'effroi
Dans les climats heureux qui rejettent sa loi !...

L'Europe abjure enfin sa fatale indolence,
Et la Grèce fumante appelle sa vengeance !
Respecte l'olivier, farouche Musulman,
Puisque son rameau seul peut sauver l'Alcoran :
Que la douce pitié fasse fléchir ta haine ;
Il reste encor des Grecs.... brise à jamais leur chaine ;
Fuis, c'est l'arrêt du sort, le cri des alliés ;
Ou, bientôt, tes vaisseaux à l'ancre humiliés,
Devront abandonner ces malheureuses plages,
Du Bosphore enchanté, renoncer aux rivages,
Et, reportant ta race aux sables des déserts,
Affranchiront la croix de tes ignobles fers........

Quoi l'Ottoman pardonne, il parle de clémence !..(1)
Ah ! ne vous fiez pas à sa fourbe apparence ;
Dans sa rage, s'il feint de souscrire au traité
Qui doit ravir les Grecs à sa férocité,
C'est pour mieux dérober aux Chrétiens qu'il déteste
Les profondes noirceurs d'une trame funeste.
Dans ses ports, en secret, il arme ses vaisseaux ;
Des mers de l'Archipel il en couvre les eaux ;
L'Africain les rejoint, et leur atroce joie
En blasphêmes éclate à l'aspect de leur proie ;
Au port de Navarin ils mouillent triomphants,
Ils vont exterminer la Grèce et ses enfants......

Des Princes d'Occident, les flottes réunies
Ont vu près de leurs bords les voiles ennemies,
Récélant dans leurs flancs de nombreux bataillons,
Déployer dans les airs ces cruels pavillons
Qui, sur la Grèce en feu, vont vomir les barbares :
Dieu vengeur de la croix, quel sort tu lui prépares !...
Mais Rigny, Codrington, près d'Ibrahim admis,
Dans ses vagues discours ont cependant compris
Ses perfides desseins, sa fureur vengeresse ;
Et voyant que la paix ne peut sauver la Grèce,
Ils font appareiller et vont à Navarin
Dans son port enchainer le Turc et l'Africain........

Mais bientôt Ibrahim , étincelant de rage,
Prétend de ce blocus affranchir son courage ;
Les vaisseaux Musulmans , en bataille rangés,
Menacent les Chrétiens...... ah ! vous serez vengés
De l'Ottoman cruel innombrables victimes ;
Un seul jour va punir tant de milliers de crimes !
Des alliés, l'escadre en ordre s'avançant,
Vient mouiller au milieu de ce vaste croissant
Que forment cent vaisseaux ; bientôt Codrington lance
Deux canots, de la paix arborant l'espérance ;
Mais l'infidèle armé, déshonorant son bord,
Unit à l'olivier le cyprès de la mort.

Ah ! tout le sang du Turc doit laver cet outrage !
Ce n'est qu'en l'épuisant qu'on éteindra sa rage.....
Les Français, les Anglais et les Russes unis,
Maîtres de l'Univers s'ils sont toujours amis,
Répandent sur ces mers la gloire et l'épouvante;
De leurs bords embrâsés, une foudre savante
S'échappe et gronde au loin ; la lueur des éclairs
Perçant l'affreuse nuit qui s'étend sur les airs,
Jette un jour fugitif sur ce cahos horrible :
Soudain, d'un vaisseau turc l'explosion terrible,
D'un fracas effroyable assourdissant les mers,
Montre un cratère en feu dans ses flancs entrouverts.

Sur les flots agités, dans les airs qui frémissent,
Mille bronzes tonnants à la fois retentissent
Et vomissent la mort parmi les combattants !
Les vaisseaux coulés bas, les mâts brisés, flottants,
De vingt explosions les débris lamentables,
De rage et de douleur témoins épouvantables,
Restent voilés encor dans ces noirs tourbillons
Qui dérobent le sort de tant de bataillons.
Bientôt, un jour mourant va plonger sa lumière
Dans cette mer de sang, avide cimetière,
Qui reçoit les guerriers sur ses vagues en deuil
Pour les ensevelir dans le même cercueil.

La foudre enfin s'éteint ; tous ces nuages sombres
Qu'un salpêtre fumant nourissait de ses ombres,
Se sont évanouis, et leur noire vapeur,
En fuyant, du combat a dévoilé l'horreur.
Des navires Chrétiens, qu'environne la gloire,
S'élèvent jusqu'aux cieux mille cris de victoire,
Et ces cris ranimant les rochers de Pylos (2),
Vont de la Grèce en pleurs réveiller les échos.
On ne voit plus debout que l'escadre Chrétienne......
Mais la flotte des Turcs ?..... la flotte Egyptienne ?....
Tous ces nombreux vaisseaux vaillamment défendus,
Ont-ils fui ?... non ; où donc sont-ils ?... ils ne sont plus !...

Au port de Navarin, noble et sainte alliance
Vous avez accompli la plus vaste espérance ;
Et l'orgueilleux croissant enfin a révélé,
Que son trône peut être en un jour ébranlé !....
Du Caire et de Stamboul les vaisseaux innombrables,
Efforts prodigieux d'ennemis implacables,
A peine ont vu les mers qui les ont engloutis !...
Le chemin de Bysance est là, sur leurs débris.
Arrachez l'Orient à cette race impie,
Au culte du vrai Dieu rendez Sainte Sophie (3) :
Le Turc disputerait la Mecque à l'univers,
Et le tombeau du Christ répose dans les fers !....

Ah ! sans doute pour vous le Turc est légitime,
Chrétiens, qui lui laissez les remparts de Solyme,
Et qui pouvez souffrir ce reproche accablant !
La légitimité de son trône sanglant
Ne compte pas encor cinq siècles de durée : (4)
Et par quels nobles droits fut-elle consacrée ?
Par les droits d'un Coran, évangile d'erreur,
Qui mit un glaive aux mains de l'arabe imposteur,
Et fit des conquérans de ces hordes impures
Que guidaient la terreur, le meurtre et les parjures.
Ah ! donnez-vous le nom de légitimité
A ce trône, où, sans lois, s'assied l'impiété ?

Celui, qui n'écoutant qu'une âme déloyale,
Qu'un culte sensuel, barbare et sans morale,
Qui gouvernant sans foi, ne suit aucun traité,
Dehors du droit des gens lui-même s'est jeté ;
Les droits les plus sacrés sont vains pour sa puissance !
Eh ! sont-ils loin les tems où sa folle arrogance
A son joug prétendait soumettre l'occident ? (5)
Enfin il est brisé l'infidèle trident !
Thémistocle à Pylos retrouve Salamine ; ...
Mais le croissant encor sur l'orient domine ;
Il est tems de venger le dernier Constantin
Mahomet et sa secte ont lassé le destin ! ....

Ne vit-on pas toujours le Musulman superbe,
Semblable au vil reptile enveloppé sous l'herbe,
Et, comme lui, lançant dans l'ombre un dard de mort,
Egorger le Chrétien qui sur sa foi s'endort?
Quoi ! tant de fois trompés vous voulez l'être encore ?
Qui vous arrête ? allez, franchissez le Bosphore;
L'étendard du prophète au sérail arboré,
Vous apprend que Mahmoud, aux combats préparé,
Veut venger Navarin, et que ses piques prêtes,
Pour orner son sérail n'attendent que vos têtes.
Vainqueurs, allez punir ce farouche Sultan,
Et la paix renaîtra des cendres du Coran.

NOTES.

(1) Quoi l'Ottoman pardonne, il parle de clémence...

Le Sultan sur la proposition du Patriarche de Constantinople, avait accordé une amnistie qu'il rompit bientôt après.

(2) Et ces cris, ranimant les rochers de Pylos.

Pylos, bâti sur un rocher, aujourd'hui Navarin.

(3) Au culte du vrai Dieu rendez Sainte-Sophie.

Cette église, une des plus belles du monde, est devenue, depuis la prise de Constantinople, la principale mosquée des Turcs.

(4) La légitimité de son trône sanglant
Ne compte pas encor cinq siècles de durée.

En 1453, Mahomet II prit Constantinople, renversa du trône Constantin Paléologue et détruisit ainsi l'empire Grec, qui avait duré 1058 ans.

(5) A son joug prétendait soumettre l'occident.

En 1715 le Turc fit un armement considérable contre la république de Venise, et menaça en même tems une grande partie de la Chrétienneté.

Etrennes aux Grecs.

Souscription.

LA BATAILLE DE NAVARIN.

CHANT HÉROIQUE par M***

Prix un Franc.

MONSIEUR,

Vous êtes prié de prendre part à une souscription, ouverte en faveur des Grecs, dont on a l'honneur de vous présenter le Prospectus.

L'ouvrage composé d'environ deux cents vers, formera une brochure in-8.°, d'environ trois-quarts de feuille d'impression.

Il paraîtra au 1.er janvier 1828.

Le quart du produit de la souscription sera versé dans la caisse du Comité grec de Paris.

Au cas où vous vous rendiez à cette invitation, vous voudrez bien renvoyer, sous bande, *en l'affran-*

chissant pour cinq centimes, la partie de ce Prospectus qui contient le fragment en vous bornant pour toute correspondance à écrire ainsi l'adresse:

M.^r (*noms*)
(*profession et domicile*)
N.°

à Monsieur
Petit, libraire,
à Colmar,
Haut-Rhin.

Ce numéro placé sur l'adresse indiquera le nombre d'exemplaires que vous désirez.

Le prix de la souscription sera payé après réception de l'ouvrage à l'ordre de Mr Petit, libraire à Colmar.

MM. les Souscripteurs recevront l'ouvrage franc de port.

Fragment.

. . . .

Sur les flots agités, dans les airs qui frémissent,
Mille bronzes tonnants à la fois rétentissent
Et font voler la mort parmi les combattants;
Les vaisseaux coulés bas, les mats brisés, flottants,
De vingt explosions les débris lamentables ,
De rage et de douleur, témoins épouvantables
Restent voilés encor dans ces noirs tourbillons
Qui dérobent le sort de tant de bataillons.
Bientôt un jour mourant va plonger sa lumière
Dans cette mer de sang, avide cimetière,
Qui reçoit les guerriers sur ses vagues en deuil,
Pour les ensevelir dans le même cercueil.

. . . .

*FRAGMENS d'une lettre de Mr Eynard,
aux membres du Comité grec.*

Beaulieu, 29 novembre 1827.

MESSIEURS,

Les détails que je reçois des différentes parties de la Grèce, me confirment entièrement les informations données par les amiraux Codrington et de Rigny, sur l'affreuse barbarie des Turcs et des Égyptiens qui détruisent, brûlent et massacrent tout ce qu'ils rencontrent. Les malheureux habitants qui ont échappé à la mort par une prompte fuite, reviennent chez eux périr de misère et de faim; Ibrahim ne laissant derrière lui que des champs déserts et des villages en cendres....

Heureusement, Messieurs, nous n'avons plus à nous occuper de la défense de la Grèce et tous nos secours doivent désormais avoir pour but de soulager les malheureuses victimes de la guerre en les aidant à cultiver leurs terres, à replanter leurs vignes et leurs oliviers, à relever leurs chaumières.........

La loyale et franche intervention des puissances a fixé le sort des Héllènes......

Cependant leur état présent mérite toute notre sollicitude. Continuons encore à envoyer du pain *à ceux qui à la lettre meurent de faim*.......

Agréez, Messieurs, etc.

J. EYNARD.

A COLMAR, chez Mme Ve DECKER, Imprimeur de la Préfecture. 1827.

www.ingramcontent.com/pod-product-compliance
Lightning Source LLC
LaVergne TN
LVHW010225060726
842527LV00007B/2611